この詩集では、／町田康

巻上公一詩集

MAKIGAMI Koichi

至高の妄想

書肆山田

目次——至高の妄想

はなうたまじり　9
虫の知らせ　10
シーラカンス　12
超・少年　14
サンラはピアニスト　17
生まれたての花　20
私はバカになりたい　24
18歳のドン・キホーテ　27
20世紀の終りに　30
ポストゲノムラブ　32
ゆるやかなコンセンサス　36
あんぐり　39
体温　42
夕方のイエス　朝方のノー　44
珍無類　48
さなぎ　51
プヨプヨ　54
小人のハンス　56
でたらめな指　58
テイスト・オブ・ルナ　60
うたえないうた　62
ラヴトリートメント　64
瞳の歌　67
太陽と水すまし　70
わが国　72
二枚舌の男　75
鯉とガスパチョ　79
安心できないきみが好き　83
もったいない話　86
うらごえ　90

脳千鳥 93
人間の顔 96
零桜 98
夢の話 100
猫にロマン 103
はなうたはじめ 108
びろびろ 111
入念 114
出来事 116
にわとりとんだ 118
そばでよければ 120
レトリックス&ロジックス 122
転々 126
外ではほらきみが降ってる 130
ひとり崩壊 132
ゴジラ死す 134
生きること 136
ゾウアザラシ 140
クリプトビオシス 142
ハイアイアイ島 144
不思議のマーチ 147
日本の笑顔 150
幼虫の危機 154
天国を覗きたい 155
だるま 158
もし　もしが 160
ふやけた脳みそ 165
うわさの人類 168
カレー三昧 171
あしたにかけた 174

グローバルシティの憂鬱　177
予期せぬ結合　181
岩　186
了解です　188
筋肉とフルーツ　192
ニコセロンpart3　195
ユートリウス　199
至高の妄想　202
オアシスの夢　205
メテオールのドライバー　208

至高の妄想

はなうたまじり

かたつむりが急いでる
少しはなうたまじり

虫の知らせ

じっとしてたものが
ムクムクと起き上がる
ひょとしたらきみも気づいている
氷はみずから空気に
天使の弓矢は遺跡に

ずっと前のことがどくどくと流れ出す
納得しないままに暮らしてきた

報告できない愛情
修理がきかない心
胸をめぐる羽音は虫の知らせ

ぱっとしないことが
ウルウルと唸り出す
セットカウント迎え汗ばむ手のひら

ひかりは宇宙を旅して奇跡の到着果たした
虹から生まれた花びら真夜中照らして消えた

シーラカンス

シーラカンスは数億年
昔の姿で泳いでる
わたしの記憶をまさぐれば
シーラカンスが前世かもね

世界で一番脳みそが
小さい噂を聞いたけど
先祖代々不条理を

ものともせずに生きてきた

エントロピーが増えていく
脳内麻薬があふれでる
わたしのビデオに映ってる
シーラカンスが愛しくなるな

シーラカンスは数億年
昔の姿で泳いでる
世界はいつしか退化して
シーラカンスと泳ぐといいよ

超・少年

見知らぬ世界の　夜ごとの行進
息をひそめて　覗いていたよ
不思議を愛する　幼いまなざし
ぼくの心を狂わせた
夢と消え行く　少年が笑う

あれから何年　孤独の迷路で
君と出逢っていたのだろうか

「ゆっくり溶かせば骨まで滲みる」と
ぼくをますます狂わせた
夢と消え行く　少年が笑う

この胸に抱きしめた　想いははるか
消えた少年　ぼくのまぼろし

記憶の何処かに　ひとつの足跡
君をいまでも　追いかけている
いたずら宇宙を　気ままに遊んだ
生きているのか少年よ
ぼくの心を狂わせた

夢と消え行く　少年が笑う

サンラはピアニスト

サンラはピアニスト
宇宙からたんぽぽのように
耳の中まで
音楽を運んだ
渦巻きの奥から
現れた銀河のダンス
思いがけないジャズ

理解を越えたら
ブラックホール
笑いを追い越す
コスモスの人

サンラをリスペクト
生活はコミューンの中で
骨の髄まで
音楽をしゃぶった
はらわたの底から
現れた太めのリアル
着るに着れないシャツ

次の駅は火星でーす

空を見上げて
星を探そう
サンラが生まれた
音楽の星

生まれたての花

生まれたての花
風の中でありふれている
こわれかけの時
道の上でたたずんでいる

じょわじょわはじかせる
はじかせるかおりを
おろおろ

おいかけるおいかける
いのちを

生まれたての羽ぬれた緑
夢のはじまり
「なにもしないこと」
土の中で待ちわびている

ぞわぞわ
なびかせるなびかせる
世界を
ふわふわ

かよわせるかよわせる
いのりを

たどり着いた実（み）はうしろ姿
なつかしんでる
理解のない人
笑顔浮かべ近づいてくる

こわごわ
ひそやかにひそやかに
ねをはる
このごろ

ふりかえるふりかえる
あの日を
ゆるゆる
おちていくおちていく
なみだが

私はバカになりたい

私はバカになりたい清く正しく生きて
愛に目覚めるようなそんなむこうみず
溢れる知性ゆえに本気になれなくて
遠い遠いバカのパラダイス
私はバカになりたい何も気にせぬバカに
仕事は人に任せて今日も遊ぼうか
だけどもつい気になる飢えた子供たち
ああ遠いバカのパラダイス

I wanna be raripapa
I wanna be raripapa

いつも言い訳ばかりいつも悪口ばかり
あなたに何ができるの言葉だけじゃない
夜風がビルにそよぐ秋の夕暮れに
ひとりひとり夢を食べている

いいかげんだなあ　ぼくはきみといる時が
一番いいかげんなんだわたしよわたし自身よ
都会では

だれもが本能をむき出しに
しているというじゃないか
ああ　わたしもバカになりたいよ

私がバカになれたらどうぞ愛して欲しい
まるで見境のないそんな獣道
だれもが通りすぎる痴人の愛のように
あああ遠いバカのパラダイス

I wanna be raripapa
I wanna be raripapa

18歳のドン・キホーテ

いつのまにか笑いの中
なにもかもがわからぬまま
ふとしたことで獣のように
雄叫びあげる　ハーッ
それが正義となら
星も落とすダルタニアン

昨日のままじゃ満足できぬ

沈む夕陽に　ハーッ

恋も勝ちトレビアン
世界の受難と死

昨日のままじゃ満足できぬ
沈む夕陽に　ハーッ

それが異端の夢
愁い顔のダルタニアン
どこか似ているドン・キホーテに

黄色い馬が　ハーッ

恋も勝ちトレビアン
世界の受難と死

土足で駆け込んだ
そうさそれがダルタニアン

20世紀の終りに

20世紀の終りに　恋をするなら
惑星のちからと死の魔術が必要
恋の断面図を透かしてみてごらん
そこは地獄か　はたまた暗闇

声をあげて　頭をつかって
声をあげて　頭をつかって
求めるのは何

イデオロギーなくして　愛をさがすなら
月面のひかりと死の予見が必要
恋の大気圏を透かしてみてごらん
そこは廃墟か　はたまた暗闇

声をあげて　頭をつかって
声をあげて　頭をつかって
求めるのは何

ポストゲノムラブ（未来世紀のゆくえに）

未来世紀のゆくえに
恋をするなら
ヒトゲノムの知識と
深い秘密が必要

恋の完成図をゆらしてみてごらん
それは祈りか
はたまた暗やみ

声をあげて
頭を使って
声をあげて
頭を使って
求めるのは、ははははは、何！

テクノロジー使って
魂さがすなら
細胞のときめき
聞くこころが必要

恋の着地点をななめに見てごらん
それはデータか
はたまたざわめき

声をあげて
頭を使って
声をあげて
頭を使って
求めるのは、はははははは、何！

二重らせんの鎖に恋のはじまり

二重らせんの鎖に恋のはじまり
求めるのは、はははははは、何！

ゆるやかなコンセンサス

全然知らない国の言葉
調子よくわかるふりしてみたり
どんなわがままな妄想が
背広着て紳士づらしていても

ゆるやかなコンセンサスをとることで
妙な握手をしてしまう
それがいいのかわからない

どこがいいのかわからない

てんでんばらばらのかんがえが
なんとなく横を気にするような
そんなゆるやかな関わりが
お互いの負担を軽くさせる

ゆるやかなコンセンサスをとることで
へんなやる気が消えていく
それがいいのかわからない
いつもいいとはかぎらない

さんざん無いものねだりしたね
めくるめく夢をみた日もあった
肝心なのはその気持だね
意味もなく宛てもなく揺らめいて

ゆるやかなコンセンサスをとることで
妙な握手をしてしまう
それがいいのかわからない
なにがいいのかわからない

あんぐり

飛び抜けた
価値を探して
怪しげな
門を叩いた
痛みの地図よ

息のんで

身をやつして
このままに
続いているのか
真夜中なのか

声帯の
奥に連なる
叫びの系譜
極楽浄土
仏の失踪

靴ひもは

ほどけたままで
歩いてる
空が傾いだ
みずたまり越え

みるからに
常識外れ
人間ゆえに
ささくれてよし
憐れんでよし

体温

未熟ないのちは
閉ざされている
誰も信じない
まじめにとらない
夢の重さ計る
不安の引力
満たされなかった
ぼくの体温
体温の未来は

計りきれない
数えてみたのは
５本の指さ
白い肌の下
赤い流れに
冷たいしうちの
ぼくの体温
（あなたの症状を報告してください）

夕方のイエス　朝方のノー

会いたい人に会えなくて
言いたいことが言えなくて
聞きたいことが聞けなくて

ふれたいものにふれなくて
足りないものが満ちてくる
欠けてるものが駈けてくる

それはマラソンに似ていない
ネットをくぐり
スプーンを持って
ハードル越えて
パンにくいついたっけ

夕方のイエスがそこに立ってる
朝方のノーに断りもなく

足りないものを考えない
足りないものは持ってくる

咲かない花が華やいだ

浮かないことが水遊び
会いたい人がここにきた
言いたいことを口にした

それは人間に似ていない
眼鏡をかけて
リモコン持って
魔法をかけて
家に住みついたっけ
夕方のイエスがそこに立ってる

朝方のノーに断りもなく

断りもなく

珍無類

秋の日の
たいそう
いいかんじな
珍無類
ざらにはない
増長する奇妙
相撲なら横綱
ちいさく愛したい
その魅力

でも　いい人
はぐらかさないで
その目は何をいいたいの？

朝昼晩
よりそう
おおらかそな
珍無類
恋人には
遠慮する以上
ウインクをしてみよ

ほどよく感じたい
その得体

でも　いい人
もてあそばないで
この世は誰を待ってるの？

さなぎ

長い長い年月を
土の中で過ごしてきたようだ
本当はこんなはずじゃない
明日にも君に逢えると考えていた
わたしの中にさなぎがいる

いずれ殻を脱ぎ捨てて

空へ遙か羽ばたいていく夢に
何度も目が覚めてしまう
時計を見るとまだまだ夜の入り口
わたしはまださなぎだった

せっかく覚えた
般若心経
冷たい雨が降っているような気がする

長い長い年月を
土の中で過ごしてきたけれど
いまは殻を脱ぎ捨てた

すべては夢の彼方へ飛び立っていった
わたしの中に誰もいない

プヨプヨ

プヨプヨとまるで病人のように立つ
ほら　ぼく　こんなに不健康
ピョコピョコとまるで健康のように立つ
ほら　ぼく　こんなに不感症

クヨクヨとまるで人間のように立つ
ほら　ぼく　こんなにおバカさん
パオパオとまるで風船のように立つ

ほら　ぼく　こんなに満足さ

小人のハンス

ハンスはにやりと微笑んだ
クレオパトラの前で
瞳の奥にみたものは
美しい人たち映す影だった

サーカス　そして夢の世界
不思議の国のハンス
映画館でみたものは

みにくい姿した　ぼくの愛だった

でたらめな指

ぶざまにひろげられた夜
ぼくは唾を吐く
煮えたぎる思いに
ただぼくのでたらめな指
でたらめな指が動く

おまえにひろげたこの腕
恋の毒を吐く

繰り返す言葉に
ただぼくの愛すべき指
愛すべき指が動く

シーツに流れる液体
きみは見つめるだけ
煮えたぎるぼくの
そうきみはでたらめな指
でたらめな指を切る

テイスト・オブ・ルナ

月は丸く笑顔みせ
今日はひとりの
ディナータイム
舌をうつのは月の味
テイスト・オブ・ルナ
feel so good

昨日きみは涙ぐみ

愛して欲しいと言った
うなづくぼくのしたり顔
テイスト・オブ・ルナ
feel so good

きみを食べた
ぼくが食べた
そして今日の月の味
テイスト・オブ・ルナ
feel so good

うたえないうた

うたってもうたってもうたえないうた
かなってもかなってもかなわないゆめ
喉はもうカサカサなのに
瞼の裏のスクリーンに
いつまでも取れない埃のようなもの
きみの愛情から「あ」が失われた「あ」の日

回っても回っても戻れない場所

出会っても出会ってもさわれない人
足はもうガクガクなのに
意識は妙に昂って
真夜中に騒めく光のようなもの
ぼくの太陽から「た」が失われた「た」の日

守っても守っても癒せない傷
かわってもかわってもかわらないこと
きみはまだあやふやなのに
こころに壁を積み上げて
怪しげな気持で誓いをたてるだけ
きみとぼくがいて
「こ」を探していた「こ」の日

ラヴトリートメント

手のひらを返して運命はいかに
人差し指では指しきれぬ大地
ただひとつの愛が物語を変えた
ラヴトリートメント　ラヴトリートメント

瞳をうるおす言葉に狂った
乾いた唇　舐めても無駄さ
それが地上の生き方だと知った

ラヴトリートメント　ラヴトリートメント

心の病がファンファンファン
膨らんでゆくダンダンダン

高鳴る胸の心は何処に
愛はいつの日も　裏切りの代名詞
ただひとつの愛で僕の心が痛む
ラヴトリートメント　ラヴトリートメント

危険なパーソナル

不安なゲシュタルト
それが運命の不吉な証
さあ　手を差し伸べて
力を抜いて
ラヴトリートメント
ラヴトリートメント

ダンダンダン
ダンダンダン

瞳の歌

瞳にあついささやき
みつめてゆれるモナムール

不敵な笑い
君は浮かべて
ハートを叩く

かすれた喉を震わせ
祈る岸辺のモナムール
不吉な予感
胸を苦しめて
夜がまだ…………

突然　嘘が
魔法できらめく
夏の日に
君を抱きしめて
意思のまぶた開ける

ほのかに変わる紫陽花
不眠の涙　枯れる
光の粒に
記憶は犯されて
言葉を失くす

君を抱きしめて
意思のまぶた開ける
君を抱きしめて
君を抱きしめて…………

太陽と水すまし

雨上がりの空
水に映る雲
孤独な水すましが
追いかけても
切り取られた青空だけ
幾つも揺れ動く
忘れないで
あの日のこと
どんな絵空事も
信じられた二人

振り向けば太陽が
きみに微笑む

雨上がりの空
水に映る雲
孤独な水すましが
追いかけても
きみの姿触れてみれば
消えゆく泡となる
どんな絵空事も
信じられた二人
振り向けば太陽が
きみを連れ去る

わが国

我が国の恋愛は
基本的に
よその国の恋愛と
違いはないと思っていた
くちづけのひとつも
ささやきのやましさも

我が国の安全は

具体的に
よその国の安全と
違いはないと思っていた
ミサイルのひとつも
たべものの選択も

悔しいけど
うんと悔しいけど
近くのきみは
よその国よりも遠く凍えていた
手に取るように違うもの
そしてそのうえを滑るように行く
見えない風

我が国の運命は
理想的に
我が恋の運命に
影響ないと思っていた
青空のひとつも
水や木や草花も

二枚舌の男

ゴメンナサイ　ゴメンナサイ
あやまりかたにも
いろいろあるけれど
そう！
あいつは二枚舌の男
ひとつの舌は本当で
二つ目の舌はニセモノだ

ボウヤこんどね　ボウヤこんどね
ぼくのおねだりいつの日叶うのか
そう！
あいつは二枚舌の男
ひとつの舌は本当で
二つ目の舌はニセモノだ

夕暮れ迫る窓際に
男の足音が響く

愛してます　愛してます

愛の告白ポーズをつけるだけ
そう！
あいつは二枚舌の男
ひとつの舌は本当で
二つ目の舌はニセモノだ

夕暮れ迫る窓際に
男の足音が響く

ゴメンナサイ　ゴメンナサイ
気を付けよう
やさしい言葉　と　いつもの笑顔

ゴメンナサイ　ボウヤこんどね
ゴメンナサイ　ボウヤこんどね

だけど結局だまされた

鯉とガスパチョ

ひげの鯉の呼吸
池にぷくぷく
炎天に
コンピューター携帯する
汗なめる日にどこかで
ガスパチョ
スペインから
ガスパチョ

トマトときゅうりとピーマンに
にんにくとオリーブオイルで作る
冷たいガスパチョ
のみたい

まれに揺れる事情
星はぴかぴか
満天に
禅問答誘発する
空落ちる日にどこかで
ガスパチョ

インディオにも
ガスパチョ

トマトときゅうりとピーマンに
にんにくとオリーブオイルで作る
冷たいガスパチョ
のみたい

ひげと恋と魔法
風がしゅるしゅる
偶然に
錬金術想像する

雨降らぬ間にどこかで
ガスパチョ
スペインまでガスパチョ

トマトときゅうりとピーマンに
にんにくとオリーブオイルで作る
冷たいお前を
だきたい

安心できないきみが好き

月は朧にロマンティーク、うーしっとり
恋愛気合い騙しあい、あーざっくり
きみは猫ぼくは犬趣味は天と地
ぼくの嘘きみのベソ宇宙を巡る
最近こころがくしゃみする

判断希薄気は揉める、うーどっちだ

行ったり来たりポリティカル、あーはっきり
キスをして夢を見て歌をうたって
父に会い母に会い叔母にも会って
全身くまなくかゆくなる

ぼくの思いはフラクタル、うーしっかり
きみの化粧はマントヒヒ、あーたっぷり
ゆるむネジ投げた匙この先どっち
ニジンスキー、踊る絵の前のステップ
安心できないきみが好き

星がくすぐるオカルティック、うーどっぷり

きみは占う魔法陣、あーくっきり
カバラからお経までひもとく時代
迷信から電脳まで究めるふたり
恋愛時代の夜は更ける

現在未来過去までも、うー結局
恋愛事態金縛り、あーやっぱり
雨の日も風の日もきみとドライブ
人間にも獣(けだもの)にもブレーキはずし
安心できないきみが好き

もったいない話

人間にしておくには
もったいないほどの人間になる
必要もないのに
上ばかりみて歩いていると
ひっくりかえされた
カブト虫のように
すすまない

風がゆく鳥が追いかける
いつのまにか極楽の中に生きて
いったい
何が欲しいんだろう
長いこと上ばかりみて
足があることすら忘れていたよ

もったいない話だ
ほんとうに

恋愛をするためには
絶対不可欠な筋肉があり

内容もないのに
震わせているといざその時に
くっきり浮き上がる
あぶりだしのように
焦げている

うしろから君が駆けつける
しらんぷりの青空に犬が吠える
いったい
なにをしていたんだろう
長いことここにいすぎて
君がいることすら忘れていたよ

もったいない話だ
ほんとうに

うらごえ

とおのいたうえに
とおせんぼのきざし
それをくつがえす
こえはうらがえる

うらがえるだけに
ぬかるんでるゆらい
みちをふみはずす

それもゆるぎない

ゆるぎないことに
においのするまわり
そらもくれてきて
かぜがこえあげる

まちわびたくせに
しらんぷりのひとみ
おそれおののいて
こえはひるがえる

ひるがえるだけで
もてあましたくせに
さらにつけたした
しゅごがわからない

わからないなにも
うちとけてもいない
いみをうつしてる
ぼくはうらがえる

脳千鳥

うみのいろ
ふかく
ひとみのうら
とぶ
のうちどり

みみはなくちに

はらはらほろり
ふるよこまえに
うしろはあめよ

ことのほか
とおく
ゆかいのうら
とぶ
のうちどり

さらなるあきの
さざなみのなか

つちごとたべて
よるへときえた

そらもよう
におう
まよいのうらとぶ
のうちどり

人間の顔

人間の顔は面白い
こんなものに恋したり
こんなものを拝んだり
裸のままで恥ずかしい

人間の顔は素晴しい
同じ人が違ったり
見つめるだけでわかったり

誰でも顔はひとつづつ

（一番上に顔がある）

人間の顔は凄まじい
昨日に似てる明日にも
何処を変えてもかえられぬ
不思議なものが生きている

零桜

美しい花だ
秘密が（秘密が）ザンザン漏れていく
太陽を煙たいと思ったのははじめてだった
零桜が路面に咲いた

怪しげな昼だ
答えが（答えが）ザクザク満ちてくる
窓からは三味線が変わった音はじいていたな

零桜はどこまで続く

不可思議な街だ
草まで（草まで）ザワザワ騒いでる
あの角で接吻と思ったのはあさはかだった
零桜もここまでなのか

夢の話

Good night
きみの胸に
Good night
夜の深さ
まだ早すぎる
さあ　おやすみ

地球のどこか慣れない靴を脱げない人が

夢の中を走る汽車で　遠い国まで
眠りすぎて重いからだ　運ぶのが　夜

Good night
だけど少し
Good night
世界中に
ほんの挨拶
さあ　おやすみ

ひとりの時に鳴かない虫たちが歌う
背伸びしてもみえぬ心　ある日迷路に

映写技師の姿借りて　映すのが　夜

Good night
そして思う
Good night
夢の話
してはいけない
さあ　おやすみ

猫にロマン

うわさの猫がやってきた
あいつの顔にねずみがいるぜ
それは彼方エジプトの
はるかむかし
猫はねずみを追いかけた
そんな先祖を思い出し
悲しむようにすがりつき
あくびをひとつ

わがままだらけ

ああ
猫にロマン
少しだけ
猫にロマン
ぼんやりと

うわさの猫がやってきた
あいつの爪は小鳥の爪さ
それはいつか恋人に
ふられたので

猫は鏡を見つめてた
くやしさこらえ爪を磨ぎ
怪しむように毛をたてて
こころも爪も
すり傷だらけ

ああ
猫にロマン
少しだけ
猫にロマン
ぼんやりと

うわさの猫がこういった
横丁越えて旅に出ようか
それもこれも人間の
愚かな偉業
猫はますます苦労した
そんな歴史を振り返り
めんどうだから寝て暮らす
おまえもおれも
ふぬけたものさ

ああ
猫にロマン
少しだけ

猫にロマン
ぼんやりと

はなうたはじめ

カモマイルのオレンジの
溶け出した眠気から
おぼろに浮かび上がる
この曖昧な確信
ふっふっふふふーん
乙な選択
はなうたはじめ
ふっふっふふふふーん

郵 便 は が き

〒171-0022

東京都豊島区南池袋2-8-5-301

書 肆 山 田 行

常々小社刊行書籍を御購読御注文いただき有難う存じます。御面倒でも下記に御記入の上、御投函下さい。御連絡等使わせていただきます。

書名

御感想・御希望

御名前

御住所

御職業・御年齢

御買上書店名

アマデウスのレクイエム
聞くならばワインだね
コルクに深くささる
あのねじ式の栓抜き
きゅきゅきゅきゅきゅきゅきゅーん
乙な選択
はなうたはじめ
きゅきゅきゅきゅきゅきゅきゅーん

ひざまくらの縁側に
子雀のアルルカン
太陽の香り高い

わが洗濯のシルエット
ちゅちゅ
乙な選択
はなうたはじめ
ちゅちゅ
ちゅちゅ

びろびろ

快楽に脳はしびれいよろろろ
ヌード
ヌード
ヌードな気分
ヌード
ヌード
ヌードな気分
世界は平面
黄金分割の枠

きみにはめて
びろびろ

民族に愛はあやしいよろろろ
ピース
ピース
ピース な気分
ピース
ピース
ピース な気分
時間のてっぺん
千年王国の域
泡と消えて

びろびろ

運命に神はおどけてよろろろ
チーズ
チーズ
チーズな気分
チーズ
チーズ
チーズな気分
破壊と増殖
人生幸福の罠
きみとともに
びろびろ

入念

念には念をいれ
考えを深めないために
さらにじっくりかたまっている
にゅうねん
にゅうねんな貝殻

パンには餡を入れ
運命が歪まないように

舌にゆっくりからまっていく
にゅうねん
にゅうねんな焼き方

天から降ってきた
頭では受け取れないものが
やけにねっとり汗ばんでいる
にゅうねん
にゅうねんな竹の子

出来事

困惑ワクワクだらしがない
ぬるま湯つかって足腰立たない
　できごとが　でてこない
できごとが　できそこない

情熱ネチネチ追いつけない
あなたにすがって客観できない
　できごとが　でてこない

できごとが　できそこない

分裂フッフッ飛び込めない
弱気がつのって言葉にならない
できごとが　でてこない
できごとが　できそこない

にわとりとんだ

にわとり
とんだ
はめにおちいった
けっこうってないた

うでぐみ
くんだ
みずをのんでた

ねっとーにわいた

なんねん
ぶりか
はまちについた
にっこうもかいだ

そばでよければ

そばでよければ
悲しみさえも
食べてしまうのに
汁の好みは
甘口だけど
あなたそばに居て

そばがなければ

喜びさえも
冷めてしまうのに
二八合わせて
愛するときは
あなたそばに来て

レトリックス&ロジックス

レトリックス&ロジックス
もう少し素直に
レトリックス&ロジックス
さっぱりわからないよ

パロール　パロール　パロール
ロゴス&ロゴス&ロゴス
パロール　パロール　パロール

ロゴス&ロゴス&ロゴス

さらに君の思うつぼ
ぼくは言葉の罠に落ちてく
ダメさ　ダメさ　ダメダメ
フレーズ&フレーズ&フレーズ
ダメさ　ダメさ　ダメダメ
フレーズ&フレーズ&フレーズ

ダメさ　ダメさ　ダメダメ
フレーズ&フレーズ&フレーズ
ダメさ　ダメさ　ダメダメ

フレーズ＆フレーズ＆フレーズ

その手にゃ乗らないよ
買わされるのはいつも
ガラクタばかり
ガラクタばかり

NaNaNaNaNaNaNaNa
NaNaNaNaNaNaNaNa
NaNaNaNaNaNaNaNa
NaNaNaNaNaNaNaNa

レトリックス&ロジックス
さっぱりわからないよ
NaNaNaNaNaNaNaNaNa
NaNaNaNaNaNaNaNaNa
NaNaNaNaNaNaNaNaNa
NaNaNaNaNaNaNaNaNa

転々

なななな
ずっと歩いていると
そのまま点になる
転々とする
転々とする

そのまま歩いてゆくと
点々となる

転々とする

テルミン

うなむなむなむなむなむ　なむなむなむいえいぇ
うなむなむなむなむなむ　なむなむじぇなむいぇ
うなむなむなむなむなむ　なむいえじぇなむいぇ
おおなむへんで　いざなおーい

ホーメイ

ヴォイス

わにっ

ずっとずっと　とっとっと
うぃうぃうぃはは

どこまで歩いてゆくの
どこまで歩いてゆくの
どこまで歩いてゆくの

どこまで歩いてゆくの
どこまで歩いてゆくの

外ではほらきみが降ってる

どこどこどこ
そこそこそこ
ひそひそひそ
ふるふるふる

もこもこ
のこのこ
なくなくなく

ゆくゆくゆく

紙の上を歩くえんぴつ
ことばを連れ走る蒙昧

外ではほらきみが降ってる

どこどこどこ
そこそこそこ

ひとり崩壊

おなじ空気吸っているのに
浮いている
ひとり崩壊

おなじ場所に立っているのに
編んでいる
ふたりアンニュイ

ちがう人を待っているのに
てかってる
時間フリーズ

おなじ世界知っているのに
にやけてる
みんな崩壊

ゴジラ死す

あの日の叫びは陽炎か
アウルヴァの火なのか
悲鳴よ
時は絶望越えて生誕する

生命は怯える太陽か
身体なきものなり
希望よ

花のしとね抱く真実とて

生きること

生きること
食べること
息をすること
涙すること

しらないうちにここにいる
しりたいこともないままに

迂回する
潜り込む
眉間近づく
変わり果ててく

なびだ
なばだ
しゃりしゃりだ
ばりば
ちゃこた
さりさりだ

生きること
動くこと
旅をすること
夢をみること

泣きたい時は花になる
冴えない時は風になる

擬態する
まるめこむ
理解遠のく

心揺れてく

なびだ
なばだ
しゃりしゃりだ
ばりば
ちゃこた
さりさりだ

ゾウアザラシ

わたしの部屋に
ゾウアザラシが
ハーレムをつくる兆しがみえた

わたしの国は
ゾウアザラシを
認めていないハズなのである

わたしはもっと
ゾウアザラシを
受け入れてみる必要がある

わたしはきっと
ゾウアザラシに
恐れを抱く理由がわかる

わたしの部屋の
ゾウアザラシを
どうにかしてはくれないものか

クリプトビオシス

クマムシという奴は
１２０年も死んだ振りして
いる
隠された生命
ラテン語で
クリプトビオシスとか
いうのだよ

トランペットが高鳴り
いま
蘇生するところです
ツインドラムが轟き
ダカタダカダカダ

こんなふうな
生き方は知りもしなかった

ハイアイアイ島

恐れ入る鼻の穴
いのちのほとぼり
自然のぬくもり
ハナアルキ
ハイアイアイ

生きていたハナアルキ
モルゲンシュテルン

驚き詩を書く
ハナアルキ

ハイアイアイ
ハイアイアイ

その島は鼻ざかり
あなたのすてきな
ひみつを知りたい
鼻だより
ハイアイアイ

ハイアイアイ
ハイアイアイ

絶望のハナアルキ
無意味な実験
行ない沈んだ
もういない
ハイアイアイ

ハイアイアイ
ハイアイアイ
ハイアイアイ

不思議のマーチ

とても不思議なものがあるぞ
お目々がふたつ　お鼻がひとつ
お耳がふたつ　お口がひとつ
ムニャムニャ何かを呟いている

どこからきたのさ　そんな顔して
ぼくには　きみの言葉がわからない

お手々がふたつ　アンヨもふたつ
5本の指の　お人形さん
お腹のまん中　おヘソがひとつ
五体満足な　お人形さん
ひい　ふう　みい　よう　いつ　むう　なな　やあ
歩いてごらんよ　自分のアンヨで

手と手を合わせて　ヨチヨチ歩く
お人形さんも　スタンダップ　スタンダップ
ぼくは　自分の道をゆくよ
お人形さんも　スタンダップ　スタンダップ

12345678
22345678

太平洋はお水でいっぱい
ぼくのお腹は　不満でいっぱい
不思議なものは　まだまだあるぞ
ホンモノは誰　ニセモノは誰
□△×△□×△
ぼくには　きみの言葉がわからない
□△×△□×△
△□×△□△×
□△×△□×△
△□×△□△×

日本の笑顔

君が見たのはダチョウの卵
サファリパークの昼だった
ラクダ　縞馬　手のなる方へ
頬染めるフラミンゴ
ここより彼方のアフリカで
生まれたことを思い出す
どろんこまみれの子供たち
口唇かんで夢を見て
僕が見たのもダチョウの卵

サファリパークの昼だった

草を噛んでる腹ぺこロバが
どこかちょっぴりはにかんで
今日もごちそう
明日もごちそう
たまには人も食べたいね
初恋みたいにありあまる
想いを胸に秘めている
ウサギがはねて花が咲く
おとぎの国じゃありません
子供が笑う大人も笑う
なぜ笑う　日本の笑顔

ダリダリダ　ダリダリダ
ダリダリダ　ダチョウの卵
サリサリサ　サリサリサ
サリサリサ　日本の笑顔

黒いカラスに青い大空
ここは楽園パラダイス
キリンが走る
スローモーション
その先は行き止まり
大きな夢を咲かせましょう

毎日欲しい日曜日
大きく息を吸い込んで
やっと自分をとりもどす
サファリパークに西日が落ちて
どこへ行く　日本の笑顔

幼虫の危機

楽しいな　幼虫が死ぬなんて
楽しいな　昆虫も死ぬなんて

楽しいな　動物が死ぬなんて
楽しいな　人間も死ぬなんて

天国を覗きたい

世界を区切る大きな思想も祈りも地に堕ちて
クリスマスの靴下をただぶらさげる人ばかり
エスキモーの風習もアフリカの象の死に場所も
インディアンの筋肉もその靴下に腹いっぱい
ど、ど、どんなふうに祈ればいいのか
ちこっと教えてくれないか
て、て、天国を覗きに行きたい
がくっとするかもしれないけどね

あたまの中はグチャグチャ
噛んでるガムはクチャクチャ
ヘンゼルもグレーテルもお菓子を食べて騙された
鈍感な奴らにはそんな危険も意味がない
サンタクロースがいるのならぼくの部屋にも靴下を
ど、ど、どんなふうに吊せばいいのか
ちこっと教えてくれないか
て、て、天国を覗きに行きたい
がくっとするかもしれないけどね

見えないものを見ること

そんな楽しみ分けてくれ
見えてることに蓋をする
そんな生き方やめてくれ
クリスマスの裏通りサンタクロースの変死体
ぼくの部屋の靴下は誰があけたか穴だらけ
ど、ど、どんなふうに過ごせばいいのか
ちこっと教えてくれないか
て、て、天国を覗きに行きたい
がくっとするかもしれないけどね

だるま

若草もゆる季節でんぐりかえる達磨
極楽浄土招くマンボが好きなアヒル

でっかい空がある　どこまでもでっかく清々しい
でっかい夢もある　いつまでもでっかく空々しい

うさぎと亀が握手どんぶらこっこの平和

昼寝の猫はあくび崩れちまった積み木

でっかい雲がある　どこまでもでっかく憎々しい
でっかい風が吹く　いつまでもでっかく吹くといい

魔法の絨毯とは水面の葉っぱとカエル
アラビア文字を書いて干からびちゃったミミズ

でっかい空がある　どこまでもでっかく清々しい
でっかい夢もある　いつまでもでっかく空々しい

もし　もしが

もし　もしが
意味なきことと
空　見上げて
たら

クリオネが燃える
箱舟が溶ける
はず

無垢なるものへと
進化はできぬぞ
悲しめ
悲しめ

待ち侘びて
地獄の沙汰も
もし次第だと
知る

韋駄天が笑う
神棚が縮む
国

愛することには
事情をはめるな
怪しめ
怪しめ

肩たたき
励ましてやる
所存　俄かに

雨

モグラはモグラ
カラスはカラス
なり

もし　もしが
なげく
もし　もしが
ひびく
日々

感じることには
悩みを込めるな
楽しめ
楽しめ

（電話の切れる音）
もしもし

ふやけた脳みそ

うすうす感じてた
お前のその手口
痛みも苦しみもない　パラダイス
そんなふやけた脳みそ
手に入れた

喜び感じてた

温かい住み具合
昨日も明日もない　パラダイス
そんなふやけた脳みそ
手に入れた

踊るはフラダンス
誘うは甘い恋
あっちにも　こっちにもない　パラダイス
そんなふやけた脳みそ
食べちゃった

トホホホ　トホホホ　トホホホ

トホホホ　トホホホ　トホホホ

うわさの人類

ここはここであそこじゃない
いまはいまできょうじゃない
なぜはなぜで謎じゃない
きみとぼくは誰でもない
たとえば気になる
human-being
human-being
続くここはどこなのか
終わるときはいつなのか

ここはなぜか氷河期だ
きみはぼくを知らないか
わたしはうわさの
human-being
human-being

さあさあ夢から醒めてみな
陽気な理性のパレードだ
光新たな未来像
そしてふみはずす

ダダをこねる鉄面皮

常識ふるコンダクター
まわりくどくからまわり
ここはここであそこじゃない
どうして気になる
human-being
human-being

さあさあ夢から醒めてみな
陽気な理性のパレードだ
光新たな未来像
そしてふみはずす

カレー三昧

ターメリック　イエロー
コリアンダー　フレイバー
ゴータマ・シッダールタ生まれた
インドを越えて

カレー三昧
カレー三昧

あいつのカレーには何か
違うものが入っている

サフラン　メロー
カルダモン　マサラ
王侯貴族はマハラジャ　チャツネを添えて

カレー三昧
カレー三昧

あいつのカレーには何か
違うものが入っている

あしたにかけた

ところでなんだ
にんげんなんだ
おかねがなんだ
りそうがなんだ

なぞなぞといた
にもつもといた
がくもんといた

たまごもといた

めんどうかけた
つきひがかけた
アイロンかけた
あしたにかけた

（ところでなんだ……にんげんなんだ……）

えいようとるか
こいびととるか

においをとるか
じかんをとるか

にくたいあるか
せいよくあるか
こころはあるか
はいせつあるか

こころみなのか
ふかいりなのか
しんじょうなのか
あいじょうなのか

グローバルシティの憂鬱

空前絶後
前代未聞の時代に生きて
感情さえも情報処理して痛みもない
電子メールは　届かなかった

インターネット
徘徊している老若男女

真剣なほど滑稽に見える
リンクの海
モニターみつめ　フリーズしてる

にっちもさっちもいかぬことでも
なんとかかんとか切り抜けて
きみに繋ぐ

慇懃無礼
陳腐な発言　データがすべて
言い訳だけが成熟していく
世界は罪

電子のエゴイズム　こころ狂わす
うんともすんともいかぬことでも
えっちらおっちら押してみる
1か0か

インフラ整備できない相談未熟なファイル
きみへの思いパケットに詰めて
回線落ち
魅力の迷路
まさぐる意識

うんともすんともいかぬことでも
えっちらおっちら押してみる
1か0か
にっちもさっちもいかぬことでも
なんとかかんとか切り抜けて
きみに繋ぐ

予期せぬ結合

ひとつがふたつになる
濡れた夜
凍えている
無限の淋しい声
くりかえす
この地表に

水と土と炎

悪魔のように
夜をかりこめば
死期せまりくる
おろかな人生

水と土と炎

ふたつがひとつになる
ふりかえる

もだえている
触れ合う肌の向こう
燃え上がる
この水面に

水と土と炎

悪魔のように
夜をかりこめば
死期せまりくる
おろかな人生

もうすぐ夢はとける
アスファルト
よみがえれば
はげしい怒りの空
見上げても
おびえたまま

水と土と炎

予期せぬ世界
予期せぬ人々

予期せぬエロス

予期せぬ太陽

水と土と炎

岩

森林地帯の奥に黄金の雨が降った
誰かが山を切り裂く
煌めき求めて
そこには岩が
聳えるように
動かぬカラダ横たえていたという

なにも語らぬ地表

白い冷気の中で
いつしか川の流れが広がる空に向かった
そこには虹がリングを描き
すべての村に輝き与えたという

信じる人の心がためらうことのはじまり
そこには岩が聳えるように
うごかぬカラダ横たえていたという

森林地帯の奥に黄金の雨が降った

了解です

このままでいくと
了解です
なんという町につくのだろう
了解です

優先すべきは
いのちです
優先すべきは

いのちです

なんでもかんでも
了解です
反対意見もあるのだろう
了解です

歓迎すべきは
歓迎すべきは
歓迎すべきは

笑顔です
歓迎すべきは
笑顔です

死んでも生きても
了解です
くりかえし風がふくのだろう
了解です

憂慮すべきは
憂慮すべきは

憂慮すべきは
未来です
憂慮すべきは
未来です

反省すべきは
あなたです
反省すべきは
わたしです

了解です

筋肉とフルーツ

空にひとつのフルーツパフェが
とろりととろけて落ちてきそうだ
恋と魔法とロマンの熱が
この地を紅く染め始めてる

がんばれフルーツ
よくばれフルーツ
二人の愛を叶えておくれ

宇宙の涙に思想は濡れて
男も女も
はかないズボンのようになる

かつて栄えた筋肉たちも
家路に向かって急ぎはじめる
がんばれフルーツ
よくばれフルーツ
お前の未来を教えておくれ

宇宙の涙に思想は濡れて
男も女も
はかないズボンのようになる

いつか出会ったフルーツパフェが
ぼくには見えない　青空だけだ
だけだ　だけだ　　だけだ

ニコセロン part3

ニコセロン
ニコセロン

運転できない生命に乗って
焙煎している妙法蓮華

お茶にしようか地図がないから
世間と世界はどちらが大きい？

跳躍したのはＤＮＡか
キスしてキスして映画をみてる

ニコセロン
ニコセロン

蟻の道筋　みつめていたよ
寄り道してても　迷子じゃないよ

切断したのは呪文の効き目
契約していた天使は引退

ニコセロン
ニコセロン

空空漠漠　神出鬼没
きみには昼寝が必要だよね

ジンジンしている　鼓動の先に
ぼんやりみえてる　愛するものが

人間ならば　抱きしめたいよ
珍紛漢紛　愛しているよ

ユートリウス

ユーラシアの
とある湖
ナノ単位の
ビンテージ
報告では
愉快すぎる
顔のせいで
沈殿した

胡桃みたい
正確には
ノアの方船
到着した
しかめづらの
洗面器
シャンバラへは
馬で向かう
希望は雲の
心電図
世界時計が
くるっている
微妙な空気の
チョモランマ

きみの姿は
マリモじゃない
きみの姿は
刹那じゃない

至高の妄想

なんだろう
なんだろう
黒の正方形のひび割れ
黒の正方形のひび割れ
なんだろう
なんだろう
塗りこめられた闇の
絶対的な黒が剥がれていく

Чёрный квадрат
Чёрный квадрат
Чёрный квадрат
Чёрный квадрат

なんだろう
なんだろう
白の正方形のくすみは
白の正方形のくすみは
なんだろう
なんだろう
差し込まれた光は

妄想する目に木霊していく

Белый квадрат
Белый квадрат
Белый квадрат
Белый квадрат

オアシスの夢

ぎらぎらと輝く
不機嫌な太陽
足
足
足を
ひきずって

ふらふらとよろめく
オアシスの夢が
水
水
と
欲しがって

この胸の太陽がこの夢を溶かす

さらさらとこぼれる
砂の数かぞえて
首

首

首が
まわらない

この胸の太陽がこの夢を溶かす

メテオールのドライバー

流れ星には運転手がいるんだよ
夜の空で競争してるんだ
おともだちはありえねぇーといって
玄関に向かった

そういえばずっと流れ星をさがしていた
大きな光の木星はすぐにわかった
天の川に白鳥が飛んでいた

カシオペアはWが斜めすぎた
夏休みの旭岳の麓
暗闇を走ってすべってころんだ

運転手はいるよたしかに
天体望遠鏡でも顕微鏡でも
それをみることはできない
霊魂スコープでも
つかまえられない
まるで神のようでいて
ちっともきどらないやつ

メテオールのドライバー
暗闇を飛ばすぜ

あとがき——はじめての詩集

夏は詩ですよね、涼しい。

誰かがテレビでそう言っていて、中国の詩人・北島（ペイタオ）の「生活」という詩を取り上げていた。その詩は、二文字のタイトルよりも短く、たった一字〈網〉と書かれているだけだった。

そこには歌の詩にはない活字の魅力があった。歌のために詩を書きはじめてから、詩集にまとめたいと思ったことはなかったけれど、自分の詩が活字だけになると、また別のメロディーを奏ではじめるだろう。それは容易に想像できた。でも、まとめる勇気は微塵もなかった。

二〇〇八年からプロデューサーをしている調布市仙川の音楽イベント「JAZZ ART せんがわ」では、スタートした時に、川上未映子さんに出演してもらった。それをきっかけに、毎回詩人に出演してもらうようになり、谷川俊太郎さん、吉増剛造さん、白石かずこさん、伊藤比呂美さん、金澤一志さん、三角みず紀さんと続いた。詩人たちの朗読の後ろで、即興演奏をしていると、ぼくにとって詩はずいぶん身近になった。

そのせいか、四〇年間活動してきたヒカシューのために書いた詩をこの機会にまとめてみたいと思うようになり、棚にある幾つかの詩集を眺めていた。思っていたよりたくさんの詩集を持っていて、マヤコフスキー選集には、ロンドンで出会ったピンクフロイドのロジャー・ウォーターズのサインがあった。一九七四年のことだが、どこかチグハグな組み合わせだ。

ずっとヒカシューの歌を聴いてくれている歌人の石井辰彦さんの本がいつも美しく刺激的なので、相談すると、書肆山田の鈴木一民さんと大泉史世さんを紹介してくれた。一九七八年から作りはじめたアルバムで歌ってきたものや、未発表の詩やインストゥルメンタルのためのスケッチなども含め、たくさんの詩を読んでもらい、その選択と行き先を示唆してもらった。それはそれは目を見張るスピード感で、詩集になっていき、感謝感激である。

二〇一九年一一月　　巻上公一

至高の妄想＊著者巻上公一＊発行二〇一九年一二月二五日初版第一刷＊発行者鈴木一民発行所書肆山田東京都豊島区南池袋二―八―五―三〇一電話〇三―三九八八―七四六七＊装幀亜令＊印刷精密印刷ターゲット石塚印刷製本日進堂製本＊ＩＳＢＮ九七八―四―八七九九五―九九四―二